© 2023 texto Flávia Chammas Sotelo
ilustrações Sabrina Mascarenhas

© Direitos de publicação
CORTEZ EDITORA
Rua Monte Alegre, 1074 – Perdizes
05014-001 – São Paulo – SP
Tel.: (11) 3864-0111
editorial@cortezeditora.com.br
www.cortezeditora.com.br

Fundador
José Xavier Cortez

Direção Editorial
Miriam Cortez

Assistente Editorial
Gabriela Orlando Zeppone

Preparação
Isabel Ferrazoli

Revisão
Alexandre Ricardo da Cunha
Gabriel Maretti
Tatiana Tanaka

Edição de Arte
Mauricio Rindeika Seolin

Obra em conformidade ao
Novo Acordo Ortográfico da Língua Portuguesa

Dados Internacionais de Catalogação na Publicação (CIP)
(Câmara Brasileira do Livro, SP, Brasil)

Sotelo, Flávia Chammas
  A boca gigante: uma aventura no parque de diversões / Flávia Chammas Sotelo; [ilustrações] Sabrina Mascarenhas. – 1. ed. – São Paulo: Cortez, 2023.

  ISBN 978-65-5555-415-1

  1. Dentes - Cuidados e higiene – Literatura infantojuvenil 2. Saúde bucal – Literatura infantojuvenil I. Mascarenhas, Sabrina. II. Título.

23-164397   CDD-028.5

Índices para catálogo sistemático:

1. Saúde bucal: Literatura infantil   028.5
2. Saúde bucal: Literatura infantojuvenil 028.5

Cibele Maria Dias – Bibliotecária – CRB 8/9427

Impresso no Brasil – agosto de 2023

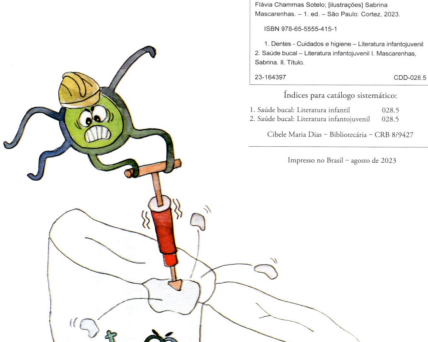

*Para as crianças que adoram se lambuzar
e não se esquecem de escovar os dentes depois.
E para aquelas amigas que, como nós,
conseguiram concretizar um sonho juntas.*

Tati, Bibi, Caio e Dudu são amigos inseparáveis.
Eles estavam animadíssimos, pois iriam ao parque de diversões mais famoso da cidade.

Os meninos queriam muito ir à montanha-russa e ao toboágua, mas a Bibi lembrou que eles não podiam perder de jeito nenhum a oportunidade de conhecer o novo brinquedo que mostrava como a boca funciona!

O grande dia, finalmente, chegou, e, com a classe toda, lá foram os quatro amigos pela estrada, no ônibus da escola.

— O parque é enorme! — disse Caio.

Eles não pensaram duas vezes e foram para o brinquedo mais esperado: a boca gigante!

Cada um sentou em seu lugar, a boca abriu e o trem começou a andar por um trilho parecido com uma língua gigante. Os amigos ficaram maravilhados com aquele céu da boca limpo e brilhante!

Durante o passeio, uma voz saída de um alto-falante ia explicando várias coisas.

— O céu da boca é muito importante, pois nos ajuda a falar e a engolir! — disse a voz.

Em seguida, Caio perguntou:

— Que barulho é esse? Parece uma cachoeira...

A voz respondeu imediatamente:

— A **saliva** protege e molha a boca, daí, com a comida "molhada", fica mais fácil pra gente engolir!

Quando a voz terminou de explicar, o trem desceu a língua e...

SPLASH!

Escorregou numa poça enorme de saliva, molhando todos.

— Nunca pensei que a saliva pudesse ser tão divertida!

Seguindo o caminho, a voz continuou:

— A gengiva deve ser cor-de-rosa e grudadinha nos dentes!

— Nossa! Eu achei que a gengiva fosse vermelha! — falou Caio.

— Só as que estão doentes são vermelhas! — corrigiu Dudu.

De repente, um clarão apareceu e, com ele, um vulto gigante entrou. Era um "brigadeiro".

— Os dentes da frente cortam e rasgam, enquanto os de trás trituram e amassam os alimentos — explicou a voz, enquanto o brigadeiro ia sendo rasgado, triturado e amassado.

Nesse momento, o trem andou rapidamente para os lados, para a frente, para trás, para cima, para baixo, como a língua faz com a comida. E a voz não parou com as explicações:

— A **língua** nos faz sentir os sabores. A **língua** nos ajuda a falar. A **língua** leva a comida de um lado para o outro. A **língua** nos ajuda a engolir.

Logo depois, o trem começa a chacoalhar muito.

— Segurem-se! — avisou a voz.

— Parece um terremoto! — gritou Dudu.

Era a boca mastigando o brigadeiro.

De repente, tudo ficou diferente, até um pouco assustador, além de sujo, escuro e com um cheiro horrível!

O vagão seguia em círculos, e seres estranhos entre os vãos dos dentes começaram a sair e a pegar os restos do doce.

Eram as bactérias! Elas faziam a maior bagunça, tentando abrir buracos nos dentes! Que desastre!

Bibi viu no carrinho um botão de emergência que piscava sem parar.

Tati não resistiu e o apertou.

Para alegria de todos, entrou uma escova de dentes bem macia e pequena, com um pouquinho de pasta de dente em cima, e começou a esfregar todos os lados dos dentes e da língua.

E a voz disse:

— Na pasta, existe o flúor, que serve para proteger os dentes do ataque das bactérias!

Com a escovação, surgiu um pouco de espuma, e, de repente, as crianças viram um jato de água enxaguando tudo!

Todos ficaram aliviados porque ali não estava mais fedido nem escuro. Só que o alívio durou pouco. Caio percebeu que sua mochila não estava mais no vagão!

Enquanto o trem continuava andando, os amigos procuraram pela mochila, que devia ter caído em algum lugar.

Tati percebeu que lá embaixo havia um objeto estranho grudado entre dois dentes. Quando o trem deu uma paradinha ali perto, eles descobriram que era justamente a mochila do Caio.

— E agora? Como vamos tirá-la de lá? — perguntou Bibi.

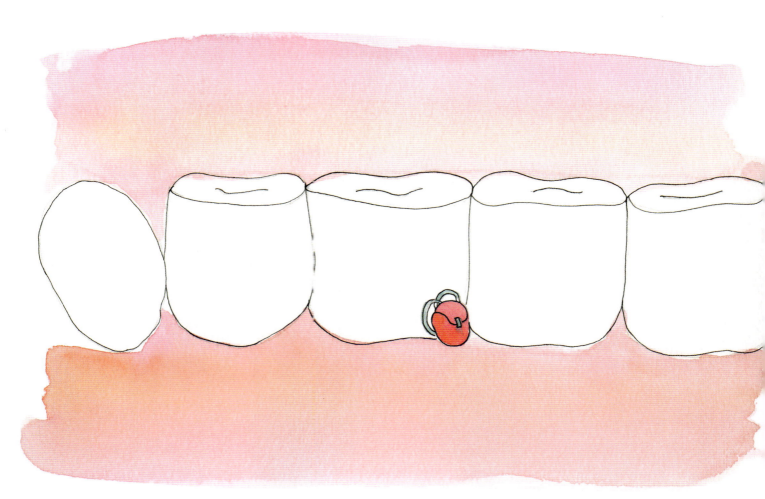

Então Tati teve uma ideia. Ela pegou uma caneta e uma caixinha de fio dental de sua mochila e começou a desenrolar o fio para ele ficar bem comprido. Em uma das pontas, os amigos amarraram a caneta e fizeram um gancho improvisado.

— Gente, vamos ser rápidos! Daqui a pouco o trem começa a andar de novo — falou Caio, ansioso.

Depois de algumas tentativas, a turminha conseguiu, finalmente, enganchar a caneta na alça da mochila e puxá-la de volta para o vagão.
— Êêêêêêêêêê! Ufa! Que alívio!

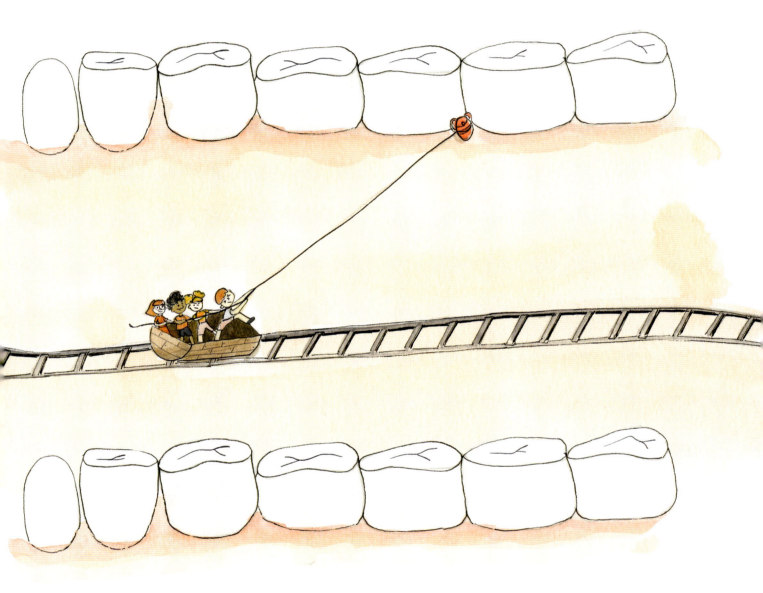

— O fio dental limpa entre os dentes e ainda ajuda a recuperar mochilas! — falou Tati rindo.

Eles saíram do brinquedo muito animados e com muita fome!

Enquanto comia na lanchonete do parque, a turma ficou lembrando as coisas incríveis que aconteceram.

Opa...

Já estavam indo para o ônibus, quando perceberam que faltava alguma coisa... Ah, sim!

Os amigos voltaram correndo ao banheiro da lanchonete para escovar os dentes e passar o fio dental!

Nessa aventura, aprenderam que o melhor para a saúde é limpar sempre os dentes depois de comer.

Xô, bactérias!

A turminha quer dar para você as dicas que aprendeu nesta aventura incrível:

1. Cada parte da boca tem sua importância: o céu da boca, a língua, a saliva, a gengiva e os dentes.

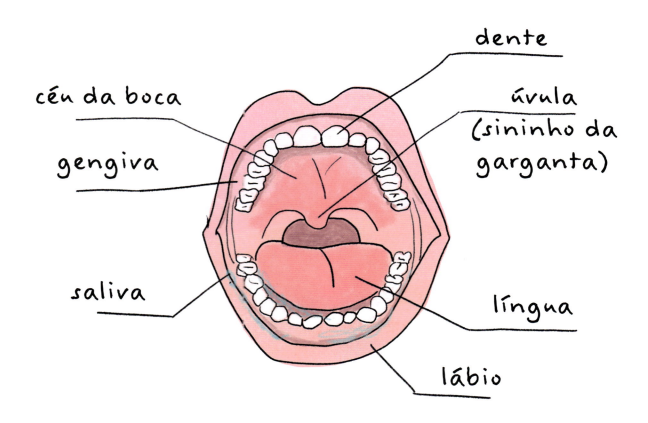

2. Cada dente tem sua função na mastigação:

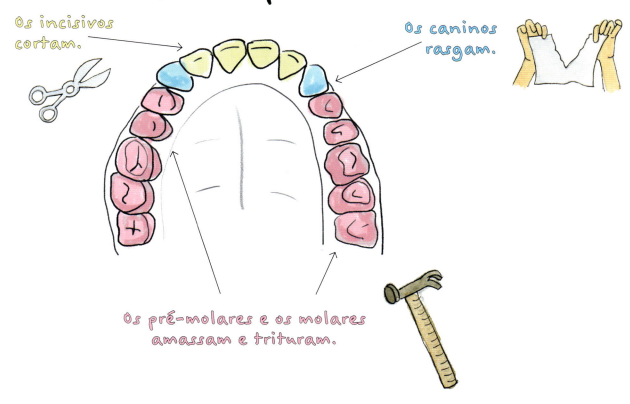

3. As bactérias estão sempre em nossa boca, escondidas, e "acordam" quando comemos, por isso devemos escovar os dentes sempre depois de comer.

4. A escova de dentes deve ter as cerdas macias e a cabeça pequena para poder alcançar todos os cantinhos da boca.

Uma pequena bolinha de pasta na escova é o suficiente para a higienização dos dentes.

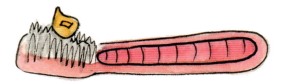

5. Entre os dentes, somente o fio dental consegue alcançar.

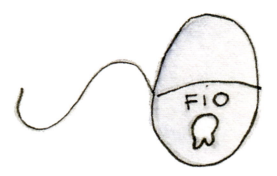

6. Fio dental, flúor, escova e pasta de dente ajudam nos cuidados com a boca — além, é claro, das visitas regulares ao dentista.

Afinal, a prevenção é o melhor caminho para manter a boca saudável.

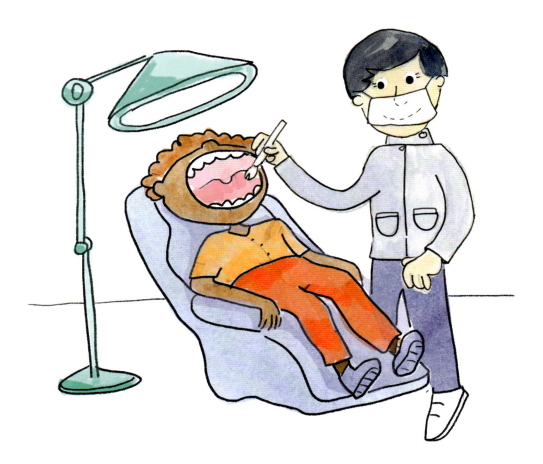

Sabrina (à esquerda) e Flávia (à direita).

Meu nome é **Flávia**. Escrever diários, cartas e bilhetinhos foi só o começo para que eu descobrisse na escrita um meio de me expressar, organizar ideias, registrar emoções e soltar a imaginação. O fascinante mundo do faz de conta me fez acreditar no poder de transformar o mundo dos pequeninos e também dos grandões. Neste livro, consegui unir minha formação em Odontologia, minha paixão pela escrita e minha admiração pela ilustradora e amada amiga Sabrina. Tenho certeza de que aprender e educar podem ser associados ao prazer e à diversão. Dessa convicção é que surgem as minhas histórias. Divirtam-se!

Meu nome é **Sabrina**, ou Xé, para os que me conhecem desde criança. Ainda bem pequena, me lembro de ficar fascinada pelo ambiente do ateliê de pintura do meu avô. Tubos de tinta, telas, desenhos, tudo era maravilhoso para mim. A vida me levou a cursar Engenharia, mas o desenho esteve sempre por perto. Anos mais tarde, tive a oportunidade de aprimorar minhas habilidades na Associação Paulista de Belas Artes e na Academia de Dibujo y Pintura Artium Peña, em Madri. Ilustrar esta boca gigante me deixou muito orgulhosa e feliz, principalmente por tê-la criado com uma parceira tão incrível, a escritora Flávia Chammas. Espero que vocês também curtam esta história!